나는 왼쪽에서 비롯되었다

곰곰나루시인선 015

나는 왼쪽에서 비롯되었다

김재덕 시집

곰곰나루

시인의 말

오래 묵은 삼류를
김시인이라 불러준 친구들 몇 있다.

시집은 언제 줄 거냐 물어
환갑에 주겠노라 했다.

약속을 지키게 돼서 다행이다.

시 쓴답시고 맨날 혼자 놀아
아내에게 미안하다.

2022년 4월
김재덕

나는 왼쪽에서 비롯되었다

차례

1부
왼쪽의 곁

곡즉전曲則全

곤두박이 바람들
잎 떨구고 갔나 보다

뼝대에 별빛 스밀 때
숙인 고개 추스르다

삐거덕
발목 접질린
굽은 무릎 소나무

가지 위엔 아직도
마르지 않은 새집 하나

한 번 더 날아오를까
얼기설기 어설픈 꿈

아직은
버텨야 한다
무릎 굽은 소나무

왼쪽 곁에 내가 왔습니다

봄날
국수 한 그릇 먹고
굽은 느티 어깨 드리운 평상에 앉습니다.
꽃잎 몇 닢 날립니다.

담배 한 모금
낯선 손님처럼 사라지는데
왼쪽 곁에
누가 앉습니다.

어느 봄날
꽃비 내리던 서소문공원에서
세월 참 더럽게 안 간다
먼지 뽀얀 질경이한테 분풀이하던
젊은이군요.

발밑에는
그날 곁에 있었던 그녀 눈물 한 방울

제비꽃으로 피어 있는데

아무 말 없이
주변을 둘러보던 젊은이
날 두고 포로롱
혼자 날아갑니다.

가시

갈치를 바르며
자분자분
당신은 목에 걸린 기억을 뽑는다.

등지느러미 아래 촘촘한
생가시 같은 지난날들.
바싹 구워져 비린내마저 고소하지만
희미한 핏빛은 여전히 어룽.

하얀 이밥 위로
아픔 한 토막 얹다가
다시 뽑는
가늘고 뾰족한 삼십 년.

글쎄, 그때 당신은 절대 내 편이 아니었다니까.

언제쯤
바늘 한쌈 다 뽑고

한입 가득 웃을 수 있을까
당신은.

낭창한 힘

병아리를 쥐듯
힘 빼고 쥐어야 합니다.
손목이 굳거든요.
끄트머리를 느껴야 해요.
몇 번 흔들어보면
멀리서 오는 표정을 볼 수 있어요.
휘청휘청한 얼굴 보이시죠?
그때 들어올리시면 돼요.
손에 쥔 병아리를 조심하세요.
뒤가 살짝 설레는 느낌 있나요?
가는 풀 위에 머뭇거리는 잠자리처럼
앉을 듯
다시 솟아오를 듯하는
망설임을 붙들어야 해요.
그때 뿌리치면 됩니다.
병아리가 숨막히지 않게
그렇지만 놓치지 않게 던지세요.
앞을 향해

팔이 쭉 길어지죠?

느낌이 중요해요.

닿을 곳까지 닿는 느낌.

결국 부드러워야 가능한 일이지요.

직선은 무게를 담지 못해요.

회초리 아시죠?

그런 거예요.

착 감겨 길이만큼의 고통을 그대로 담는 힘

그게 다 부드러움의 힘이랍니다.

아니라니까요.

그렇게 하면

병아리가 죽는다니까요.

별 우물

가문 여름 그믐밤
삽 들고 앞서가는 아버지 뒤를
아이는
물 찰랑이는 대야를 들고 따릅니다.

우물을 팔 거야.

삽자루로 하늘을 꾹꾹 찔러보던 아버지가
아이에게 말했습니다.

대야를 이리저리 옮겨 보렴.
대야에 담긴 물에 별이 내려앉을 거야.
별이 제일 많이 담기는 자리에
물이 숨어 있단다.

아이는
마당을 돌며 별을 담다
앵두나무 발치에 섰습니다.

>
아빠, 여기가 별이 제일 많아요.

아버지는
삽 짚고 일어서고
아이가
찰랑이는 대야를 치우자

앵두 몇 알 떨어져
빨갛게 부끄러운 마당 한 겹 밑으로
눈 맑은 별들이 졸졸 모여들었습니다.

눈물이 나요

시도 때도 없이
눈물이 납니다.
코미디를 보며 웃다가도
줄줄 웁니다.
목침처럼 누워 있어도
눈물이 납니다.

눈이 말라
눈물이 난다 합니다.
눈물샘이 막혀서
눈물이 난다는군요.
흐를 곳 없는 옹달샘이 넘쳐 흐르듯
눈물이 납니다.

슬프지 않은데
무던히 웁니다.
당신 떠날 때, 단 일분이라도 울었어야 할 그때에*
돌멩이처럼 바짝 말랐던

눈물이 납니다.

하, 기가 막혀
눈물 납니다.

* 쉼보르스카의 시 「나에게 던진 질문」에서

자목련

겨울이 끝나가니
껍질 같은 말은 그만 하는 게 좋을 듯해요.

겹겹의 수다는
더 이상 두께가 없습니다.

손톱 끝으로
떼어내는 카타르시스도 이젠 끝나 갑니다.

침이 마르는 오후를 보내면
마지막 인사가 쌓일 수도 있지요.

검지로 살살 밀어
덜 굳은 말꼬리를 느껴보세요.

미련 같은 몇 마디
좌악, 벗겨낼 수 있을지 모릅니다.

살짝 맺히는 비린내도

그리울 겁니다.

봄이 오고 있어요.

한 장 남은 입술이 마저 벗겨지겠군요.

돼지의 무게

바람 없는 해변
해시계처럼 꽂힌 나무 그림자 아래
검은 사내 넷
발버둥치는 목숨 하나 끌고 가는데
짧은 네 발 사선으로 박고
제 앞에 놓인 죽음을 밀어내는 돼지

그 두려움의 무게는 얼마나 될까?

구름 없는 하늘
바늘 뙤약볕 박히는 모래 위
검은 사내 넷
축 늘어진 해탈을 메고 가는데
짧은 네 발 허공에 꽂고
몸 밖으로 죽음을 밀어낸 돼지

그 헛헛한 무게는 또 얼마나 될까?

갱년기

나를 어찌할 수 없으므로
이유 없이 이해되어야 한다.
나의 분노는 근거가 없다.
내가 나를 경멸하므로
누구에게도 경멸당할 이유는 없다.
나는 나 아닌 곳에 있을 뿐.
수없이 나를 떠나지만
어김없이 내게 붙들리고
어이없이 땀 흘리고
늘 두근두근
나를 바라보는 나.
나는 내분비 중이고
나는 넘치다가 금방 고갈된다.
나를 불쌍하다 말하지 마라.
나는 사라지는 중인지 모른다.
또 끓어오른다.
당신을 참을 수 없다.
나는 도무지 내가 아닌데.

냄새의 말투

그렇게 많이 취하진 않았어. 창문을 좀 열어줄래. 어깨를 짚고 있는 낯선 친구들과는 이제 그만 헤어져야 할 때야. 근데 우리를 실어 나르는 바람에도 이목구비가 있다는 걸 아니? 하루가 컴컴하게 내려앉는 이맘때는 궁금한 코끝들이 골목들을 휘감으며 잔뜩 킁킁거리지. 내 안에서 솟는 불의 기억을 맡는 일이 너에겐 유쾌하지 않을 수 있어. 저기 하나씩 켜지는 저녁마다 제 각각의 표정으로 스며 나오는 우리가 보이니? 어떤 마음들이 타오르길래 저런 표정이 생길까 생각해 본 적이 있지. 그런데 얼굴도 없는 표정이 어떻게 너희를 유혹하는 걸까? 목숨들은 바싹 타올라 사라졌어. 남은 것은 통풍구에 매달린 비명과 껍질에 새겨진 화인 같은 것들이지. 술은 왜 마시냐고? 어차피 사는 일은 뭔가를 태우는 거야. 나를 불사를 수 없으면 뭔가를 대신 불살라야 해. 타오르는 목숨을 버티려면 나를 지우는 것이 현명하지. 빈 소주병 안을 맴돌다 빠져나가면 한결 가벼워지거든. 창문을 닫지 말라고? 어제는 어느 정도 씻겨나갔어. 남은 건 약간의 흠집 같은 것뿐이야. 감당할 수밖에 없어. 후각은 쉬 피로해진다니

까 곧 익숙해질 거야. 나는 점점 더 취하는 것 같네. 저기
또 몇몇이 풀어헤친 머릿단을 풀풀 디밀고 있는데 말이
야.

무반주 첼로

그냥 흐르지 말고
뭐라도 해야 하지 않을까요?
슬픔보다
슬퍼해야 하는 일이 더 슬픈 법이지요.
이런 곳에서 웃을 수는 없지요.
비장한 예의를 위해
당신 대신 오래 울어봅니다.
슬픔의 곡조는 흔하지요.
높낮이도 심심하지요.
낮은 어깨를 서로 짚으며
고개 숙인 당신
가슴 쓰다듬고 지나가는 정도지요.
달래는 손짓 보이세요?
등 토닥이며 괜찮다 괜찮다
느리게 말하는군요.
마지막 주제를 지나고 있으니
곧 끝날 겁니다.
아직 남은 슬픔은 주머니에 넣고

데크레셴도로 일어나세요.

활이 현을 떠날 때

마음 속으로 박수를 치고

그런 일도 있는 법, 하며

가야 할 길을

다시 가시면 됩니다.

이명

그녀는 객관적이지 않아요.

당신은 듣고 있지만

그녀는 날카롭게 우는 침묵일 뿐입니다.

어제는 종일

오늘은 가끔

그녀를 듣는 당신.

당신 말고는 아무도 듣지 못해요.

그녀라는 음원은 없어요.

아주 좁은 통로에서 잃어버린

몇 마디 기억이라고 말할 수도 있습니다.

사라진 시간이 공명하는 소리

그림자의 목소리일 수도 있습니다.

문득 잊을 때도 있지요.

순간 그녀는 온전히 침묵합니다.

망각이 처방일까요?

그래서 어려워요.

당신이 당신을 잊어야 하는 일이니까요.

깊은 곳에서 부르는 그녀는

말하지 않아도 들리는 당신입니다.

당신이 지르는 그녀의 비명

그녀는 당신입니다.

도무지 객관적이라고 말할 수 없습니다.

풍장風葬

매미 한 마리

불쑥, 죽어 있다.

깨끗하게, 죽어 있다.

빈 목숨을
책상 위에 놓고 본다.

날개는 여전히 날카롭고
한여름 겹눈 빽빽하게 검은데

무게가 없다.

땅 속에서 쌓은 목숨
울음으로 다 날아갔는지

텅 비었다.

\>

어디로 돌려보낼까?

던져도 떨어지지 않는
허공 없을까?

보이지 않는 것들이

보이는 것들은 지나가지 못한다.
나는
자유로 아스팔트를 밟고 갈 뿐
자유롭게 통과할 수는 없고
멀리 검단산 또한 뚫고 갈 수 없다.
비켜 가거나 거슬러 가거나 지나갈 수밖에 없다.

너도 마찬가지
내가 너를 어떻게 지나가겠니
부수거나 부숴지지 않고

하지만 나는 통과중이다.
검단산과 한강 사이 자유로 위에서.

다만 작은 것들, 더 작은 것들
오후의 햇살, 5G의 전파, 막 도착한 미세먼지, 개망초
꽃가루,
중앙분리대에 튕겨진 클랙슨 소리를 지나

이곳에서 저곳으로

보이는 것들은 나를 막고
보이지 않는 것들은 나를 침식한다,
뺨을 갉고 머리를 지운다,
보이는 나는 보이지 않는 것들을 침략하면서 침략당한
다,

죽음이란
보이지 않는 것들이 보이는 것들을 지워가는 일.

2부
어떤 평화

개심사開心寺

서산 지나 해미 가는 길
늙은 작부 사타구니 같은 민둥산 헤집고 들어가면
가슴 환한 절집 하나, 개심사 있습니다,

키 큰 소나무들 내려다보는
검버섯 돌이끼 계단 오르다 보면
문득 내려다보는 천 년 기억 있습니다,

시루떡 같은 연못 곁에 쪼그려 앉은 배롱나무와
둥그렇게 허리 접은 기둥들,
넋 나간 노인처럼 웃고 있어 개심사인지,

빈 마당 가운데
늙은 돌탑 하나 덩그러니 파수 세우고
글쎄, 마음은 어디 갔는지.

사계에서

물결처럼 전화가 왔습니다.
찰랑, 앞 바다가 먼저 푸른 귀를 적십니다.

전화 잘 안 하는데
그냥 통화 한번 하고 싶어서요.

박수기정 벼랑이 삐죽삐죽 웃습니다.

거긴 비가 오지 않나요?

자주, 보고 싶은 사람이 있습니다.
막상, 보면 별 할 말은 없습니다.

그런 걸 먼 그리움이라 말할 수도 있겠죠.

동그란 산과 평평한 바다
그 사이 초록색 호를 그리며 앉은 마을.
멀리 마라도도 보이고

작은 파도 같은 사람들이 사는 사계.

그곳에서
해당화 꽃잎 같은 안부가 왔습니다.

창밖에 내리는 빗줄기에서
그리운 비린내가 나네요.

저녁엔
미역국이라도 끓여야겠습니다.

V – Z 실크로드*

V.

네가 지쳤으므로 나는 깨어난다. 내가 발견된 곳은 늦
막이 지나가는 타클라마칸. 사라진 곳에서 제법 멀리 떨
어진 이곳에서 나는 잠깐 막연하다. 너의 시선 바로 위에
서 잠들었던 그날 너는 아직 많이 어렸고 때문에 꽤 미안
했던 기억이 있다. 간지러운 바람이 흉터를 새긴 그 곳에
서 나는 소멸했는데 얽은 그곳은 여기에서 얼마나 먼 곳
일까?

W.

능선 가로질러 몇 개의 별이 뜬다. 기억이나 생각 따위
는 질료가 아니라고 생각한다. 신경은 그저 신경쓰기 싫
어, 라고 말해지는 짜증 같은 것. 그 예민한 폭에 길이 있
고 오래된 딱지를 들추며 그 길 다시 걷게 될 줄 몰랐다.
물렁해진 경사를 타고 젖은 발자국 몇 점 가렵게 찍는다.
너는 그저 잠깐 고개 돌려 바라보는군. 오랜만이었으니.

X.

지워진 길은 규칙적으로 분절된다. 본능은 마디에 이를 때마다 낯선 발자국을 찍는다. 부드럽게 이어진 언덕을 따라 출렁이는 물주머니에 너는 간헐적으로 놀란다. 너와 통화하던 친구가 그건 아마 침봉으로 정수리를 찍는 느낌일 것이라고 이야기하는 것을 들었다. 신경은 그런 것이지. 하지만 곧 무뎌질 거라고 너는 너를 달랜다. 밤이 깊었으므로.

Y.

마디 사이 맺혀 있던 기억들 일제히 구릉 위로 일어선다. 나는 완벽히 복구되었다. 굳세게 딛는 발굽과 흘러넘치는 쌍봉들, 사막 위로 대상을 이룬다. 쓰러진 너의 사막엔 선두를 바라보며 주저앉았던 녀석들 단말마가 가득하다. 옆구리 가득 창을 꽂은 채 물러설 수도 일어설 수도 없는 너를 딛고 생각한다. 나는 어쩌다 다시 창궐하였는가?

Z.

멀리 불이 꺼지고 있다. 길게 이어진 발자국들. 아직 연기를 뿜고 있는 마지막 언덕에서 너의 시선 위에 새겨진 오래된 시간을 바라본다. 너는 곧 다시 일어설 것이고 나는 다시 사라질 것이다. 오십 년 전처럼 너는 네 속 어딘가에 숨어 있으리라 짐작하는 나로 인해 신경은 과연 질료인가 하는 고민에 빠질 테고 나 또한 네 속의 너 아니면 네 속의 나로 인해 과민할 것이다.

* 대상포진 바이러스

능소화

자유로
가로등 발치마다
다홍으로 매달린 아줌마들
고개 숙여
웃는지
우는지

돌아오는 길가
그새 손목 삭은 아줌마들
하나둘 떨어져
우는지
웃는지

강바람 뺨에 닿자
부끄러워 고개 돌리는
작은 불빛
고운 얼굴
어디로 갈까
능소화

고비

긴 담벼락 위
겨울 힘겹게 넘어온 담쟁이들
일제히 마른 손목 내밀어
누군가를 부르고 있습니다,

먼지 뒤집어쓴
측백나무
부옇게 뜬 얼굴은
막 녹기 시작한 살얼음처럼 갈라졌네요,

주춤주춤
고개 내미는 목련,
꽃 눈치로
비켜드는 햇빛을 훔칩니다,

손톱 밑
생가시가 유난한
이즈음은

만사가 몸살입니다,

차가운 비는
속없이 날리고
마지막 남은 껍질과 다투는
젖 불은 봄이 안타깝습니다,

시인통신詩人通信

굴전 부치는 냄새 번들대는 피마골 목구멍에
시인들 웅크린 토굴 같은 소굴 있었습니다
저녁 해가 뚜벅뚜벅 교보문고 지하도로 내려가고
종로 가득 목마른 퇴근들 쏟아져 나오면
철가면 같은 문을 밀치고 낯익은 얼굴들 들어섭니다
시작은 늘 각자 따로 마른 멸치에 맥주 몇 병
문 밖 족발집이 걸쭉해질 무렵
단골 따라지들 기웃거리며 나타납니다
술 취한 중, 얼치기 문화부 기자, 팔 없는 화가
나중에 시인이 됐다는 주인장 누님은 마냥 신났습니다
한상 한 짓거리로 엉켜 취할 즈음이면
피 판 돈으로 피같이 한잔 한 지게꾼도 오고
비릿한 그의 일갈에 詩는 찌그러졌습니다
먼저가 나가면 나중이 차지하고
밤은 늘 빙글빙글 돌며 오래 취했습니다
몇몇은 낮에 사무실로 돈을 꾸러 오기도 하고
매혈의 지게꾼은 잘나가는 시인이 되어
한잔 걸지게 쏜 후엔 나타나지 않았습니다

술자리가 자꾸 좁아지자 누님은 큰 골목으로 나서
우리의 난장은 이층짜리 제대로 술집이 되고
안주가 늘어나더니 아들이 사장이 됐습니다
멀끔해진 소굴은 낯선 젊은이들이 차지가 됐습니다
땡중은 절로 돌아가고 따라지 기자는 길 건너가고
우리도 하나둘 어디론가 흩어지고 말았습니다

며칠 전 기웃거려 본 피마골엔 흔적도 다 떠나고
詩 혼자 메어진 골목 어귀에 기대서서 바람과 한잔하고
있더군요

숟가락

늙은 어머니
혼자 살던 집에는
아직도
어린 내가 여기저기 숨어 있습니다.

아내와 함께
주인 떠난 싱크대 청소를 하는데
숟가락 하나 눈에 띕니다.

둥근 볼이 깊고
손잡이도 길게 둥근

삼십몇 년 전
고향 떠날 때 굳이 따라온
보리밥 퍼먹던 열몇 살 시절
녹슬지도 못한 모진 끼니.

오래 밥 구경 못했을

녀석의 오목한 허기가 괜히 서러워

고프지 않은

밥 한술 떴습니다.

어떤 평화

사무실 앞에
한 시절 몸짓 같은 느티나무 한 그루
기우뚱 서 있습니다.

궁금한 뿌리 한 줄기 슬쩍 내밀고
굵은 밑동은 스르르
흙 속으로 지워졌습니다.

한참 동안
나무와 흙이 만나는 자리를 살펴봅니다.
아무리 봐도 경계가 없습니다.

족히 백 년
아래로 위로 옆으로 나무는 천천히 걸어왔고
흙은 언제나 그 자리에서
덮어주고 쓰다듬으면서 지냈겠지요.

세상 어느 곳에

저렇게 아무렇지 않게
서로를 문지르는 평화가 있을까 싶습니다.

빗자루 같은 바람 한 단 불어
나무 한 번 흙 한 번 쓰다듬고 떠나네요.

아닌가요
나눠지지 않았으니
한꺼번에 쓰다듬고 간 건가요.

오래된 벽돌

청동의 파도에서 튕겨 나온 바람이 사구沙丘를 오르며 야트막하게 이름을 부른다. 이제는 다시 떠나야 할 때. 어깨에 얹힌 페름기의 화석을 젖힌다. 쉽게 떨어지지 않는 고생古生의 기억. 굳어가며 수없이 들었던 뜨거운 멸종들의 목소리. 퇴적은 타버리지도 잊혀지지도 않는다. 갇혀 있던 누런 햇볕이 고단하게 기어 나온다. 깊은 곳으로 다시 돌아갈 수 있을까?

바다는 시퍼렇게 끓어오른다. 녹슨 얼굴 위로 어둠이 오고 사각의 무덤 틈으로 호명은 스며든다. 바다는 어쩔 수 없는 바람을 자꾸 낳고 바람은 언덕을 낳는다. 누설이 궁금한 새 한 마리 떠나지 못하는 모래밭. 상처가 부른 가시 박힌 이름들이 기어 나온다. 쉬 떨어지지 않는 흔적을 흔들어보지만 오래 씻긴 무게는 인연처럼 질기다. 지워진 입술 벌려 대답한다. 나는 여전히 여기 있노라.

끝없이 태어난 바람들이 제 머리를 부딪혀 죽어가는 동안 직각으로 분열하는 벽의 높이들. 굳은 햇볕이 깊숙한 그림자를 캐는 기척에 모퉁이들은 벌써 떠났다. 쑥부쟁이 한 줄기처럼 웃는 오래된 얼굴. 뒤따르는 발자국들 바스락. 마른 뻘이 일어나고 앉은뱅이 바람에 서로의 발을 씻는 모래들, 멀리 흘러 나무가 되고 조개가 되고 구름이 된다. 오래전 죽은 세상 한 토막은 그렇게 조금씩 넓게 깊어지고.

겨우살이

살아오는 동안
잔못처럼 촘촘 박힌 당신 무던히도 미워했습니다.
가난한 어깨 핥는 당신 혀끝에
진저리도 지겨웠습니다.

우듬지에 걸린 연鳶처럼 당신 왔던 그 가을
몇 마디 이야기 나눴을 때
남은 잎들 다 지면 떠나지 않을까 생각했습니다.

손등에 쌓인 눈은 언 손아귀 풀고 떨어졌는데
주저 앉은 당신 어느새 내 사지를 조르고
오히려 물질 채근하는 것을 봅니다.

돌아보면
당신은 연줄처럼 가늘게 매달렸는데
내 무심이 질긴 절박을 소홀히 여긴 탓입니다.

몇 철 더 지나면

한 뼘이나 겨우 보탠 시간은 당신의 흙이 될 것이고
비뚜로 선 채 당신을 지탱하는 기억이 되겠지요.

삼월에 내리는 눈 같은 그날이 오기 전에
이제 그만 당신을 사랑하자 마음 먹습니다.
어쩌면 그것이 나를 사랑하는 길이라 생각합니다.

탕湯

대한大寒 저물녘
푸줏간 냉동고에서 끄집어낸 묵은 고기들
핏물 빼고 허옇게
때 낀 가마솥에 뭉터기로 담겨
허겁지겁 끓고 있습니다.

골마지처럼 솟는 거품 속
기름기 없는 주름마다 솟구치는 불콰함으로
하, 입 벌린 한 덩이.
늘어진 오금에 힘주느라
음, 다문 또 한 덩이.

한시절
부사리같이 날뛰었던 도가니들 세월에 녹아
힘줄만 뿌연 육수에 불어터지고
겨우 남은 진기는 들어갔다 나갔다
목하 토렴 중입니다.

탱탱한 생고기 한 점
풍덩 새로 들어오자
우물쭈물 여줄가리처럼 밀려나는 거품 한 덩이.
비칠대며 일어서는 마른 가랑이 사이
알 빠져 축 늘어진 저 주머니.

뚜껑이 열리고
차가운 국자 하나 탕 안을 휘젓자
몸서리치는 헛김 한바탕.
이제 상으로 나갈 시간입니다
더 식기 전에.

버스 안에서

검은 여자 버스를 탄다.
짧은 머리 뒤로 묶고
앉자마자 그믐처럼 전화를 건다.

중환자실 하루 입원비가 얼마예요?

남편, 아이들
직장 보내고 학교 보내고
설거지 대충 훔치고
검은 마음 걸쳐 입고 나선 길일 터.

오전은 노선을 따라
달리고 멈추고 미끄러지다 덜컹거리는데
길냥이처럼 불쑥 끼어드는
붉은 신호.

여자는 먼 산
어지러운 그림자만 좇는다.

\>

어느새 비가 내려도
버스는 꾸역꾸역 제 길을 가고
검은 여자는
흘러내리는 마스카라처럼 자꾸 더 검어지고.

관청폭포 觀聽瀑布

卌卌 청량산 젖히고
동해 만나러 가다 슬쩍 비껴 든 오후.

마저 얼지 못해 겨우 떨어지는
폭포 한 폭 만나다.

시퍼렇게 눈 떴으나
흐르지도 못하는 발치만 바라보고 있는 높이.

낙차 깊은 추녀 틈으로
모서리 깨진 바람들 몰려든다.

물새 한 마리 내려 앉자
움츠리는 절벽의 어깨.

물길을 보지 말고
소리를 보라 이름한 폭포.

누군가 부르는 소리,
돌아보면 아무도 없다.

고드름 한 조각
쨍그랑 고개 떨굴 뿐.

떨켜

옛사랑 부음처럼 겨울이 왔습니다.

잎 떠난 자리
문둥이 손가락 같은 가지 끝마다
언 하늘이 미끄러집니다.

떠나기 위해 우리는
작은 문들을 하나씩 닫아야 했지요.

여름날 주고받았던 무성한 대화를 멈추고
둥근 문고리를 걸어야 했습니다.

얼마나 많은 눈물 있었는지
얼마나 많은 인사 있었는지
기억하지 못합니다.

상처 아물면
당신들은 소지燒紙처럼 날리다

어디로 갔는지 소문으로만 쌓이고.

뭉툭한 손 오므린 채 우리는
모두 떠난 하늘에다 빈 주먹질만 하겠지요.

3부
왼쪽의 힘

곰배팔이

몸으로 부딪혀 승부 내는 일 중에
딱 하나 내가 잘하는 것.
머리가 나보다 하나 높은 놈이나
몸피가 우리 엄마 궁뎅이만 한 놈이나
다리 하나 올려붙이고
껑충 맞붙으면 무서운 게 없었지.

소아마비, 폴리오라고도 하지.
지나 내나 세끼 밥 먹는 것은 똑같고
있으나 마나 한 왼다리엔 밥심이 닿질 않으니
남는 힘이 모조리 오른쪽으로….
그러니 다리 하나 올려붙이고
껑충 맞붙으면 이 대 일로 싸우는 셈이지.

힘 없는 왼쪽은 나의 힘이지.

사회선생

중학 시절
얼굴은 눈에 선한데
이름은 생각 안 나는 선생이 있다.
사회 시간에 누군가
졸다가 떠들다가 걸리면
모두 일어서야 했다.
옆자리 짝과 좌우향 마주보고
한 번씩 웃어라 시켰다.
그 다음
왼쪽 놈이 오른쪽 놈 뺨을 쳐라.
다음은
맞은 놈이 때린 놈 뺨을 쳐라.
실실 웃으며 맥없는 따귀가 오가면
선생은 시범을 보였다.
얼굴 절반이 돌아가도록 한 놈 따귀를 치면
열불이 솟아
맞은 놈은 맞은편 놈에게
선생 뺨을 치듯 때리고

맞은 놈은 더 세게 때린 놈을 때리고
한 삼 분 지나면
교실은 살기등등한 따귀의 아수라.
선생은 교탁에 턱을 괴고
따귀 치는 아귀들의 사회를 판서한다.
이놈들아
이게 사회공부다.
수업 마치는 종이 울리고
사회선생이 밖으로 나가면
영문 모르게 화가 뻗친 사회들이
주머니 속에 주먹을 쥐고
여차하면 두들겨팰 사회를 노려보고.

황제회관

당구장 옆 자라목 같은 함바집
친구녀석과 낮술을 마시고 있었다.
소주 두 병이나 마셨나
그 형님이 장승처럼 들어왔다.

술 묵나
내도 한잔하러 왔다
아지매 술 좀 주소

금복주 한짝 목로 옆에 놓였다.
소금 한 종바리 물 한 바가지 대포 잔 하나도
벌건 목로 위에 놓였다.

느거들 소주 몇 병 무라

한짝에서 두 병 빼주고
우리가 그 두 병 포함해 도합 다섯 병을 비우는 동안
막소주 한 병을 두 잔에 나눠 한짝을 다 마시더군.

소금 한 손가락 바가지 물 한 잔을 안주 삼아

몇 달 뒤 당구장 주인이 귀띔해 줬다.
황달로 죽었는데
눈동자가 시커먼 채로 말했다고.

그년 갔을 때 내는 벌써 뒤졌던 기라
아따 마 오늘은 술이 잘 안 깨네

그 형님 지배인으로 있던,
지르박 빵빵이처럼 네온사인 빛나던 황제회관도
땅속으로 시커먼 철문 내리고
통 깨어나질 못했다.

양말을 빨며

낮 동안 닳은 얼굴 비누칠로 지우니
조금 전이 미끈 웃는다.

세면대 안으로
꼬르륵
표정이 빠져나가는 소리.

발목에 매달린 걸음을 벗자
납작한 종일이 쏟아진다.

쉬 젖지도 못하는 하루
목 조르고 머리 처박아야 겨우 뱉는 일용의 남루
사지 비틀어 놈을 뽑는다.

절반은 발의 주검 절반은 양말의 주검
사이에 활성된 계면들
빙빙 도는 비명이 구멍으로 사라진다.

축 늘어진

발목 두 자루 문고리에 걸고

맨발로 막다른 골목 같은 밤으로 향한다.

절뚝거리는

발자국 남기며

금간 발목을 눕히러.

리제 양에게

오늘은

유난히 밤이 맑네요.

불은 꺼진 지 한참이지만

구석구석 파란 눈빛들이 소란스럽습니다.

오래된 시계의 남은 미덕은 기계적인 성실함인데

단 하나

각성을 길어올리는 낡은 규칙이 문제입니다.

철컥철컥 기어오르는 시간들 몰래

미지근한 입술로 하얗게 입 맞추고

당신을 기다립니다.

막차처럼 늘 천천히 오시는 당신

단 한 번도

나는 당신을 만나지 못했습니다.

감은 눈 속을 찌르는 잔가시들

끝이 문드러질 즈음 희미하게 오시겠지요.

미간으로 스며 나온 마른 피를 닦으며

한 손으로 머리를 쓰다듬으시겠죠.

자주 당신을 불러

당신의 그 하얀 미소를 보고싶어 하지만

당신은 그저 떠난 나를 위해서만 웃지요.

그래도 어쩔 수 없어요

그럴 수밖에 없으니까요

당신의 사랑은

그저

나를 지우는 사랑이니까요.

* 리제 정 : 진정 및 안정 효과를 나타냄으로써 각종 불안장애를 개
선하는 약

애락원愛樂園

당신을 오래 잊지 못한다.

반고개가 슬쩍 오른쪽으로 고개 돌린 곳
담쟁이 빽빽한 벽돌담 너머 살고 있던 두려움들.
비 오는 날이면 아이들 간 빼먹으러
우시장 근처를 돌아다닌다는 소문들 웅크린 곳.

유혈목이 몇 마리 시멘트길 가로지르던 여름날
마른 시간들 날리는 지붕 앞에서 당신을 만났지.

내 발가락을 바라보던 반쯤 지워진 얼굴의 당신.
흙담처럼 표정 없는 이웃들은 저만치 그늘 속에서 일렁
거렸고
정오의 햇빛이 자꾸 당신을 미간 속으로 밀어넣었다.

오른손을 내밀자 왼손이 나왔다.
한 뭉치의 손, 얼른 나도 왼손을 내밀었다.
꽉 쥐지도 못하는 인사 사이로 마디 잘린 지렁이들 툭

툭 떨어졌다.

　목사님만 멀쩡한 박수를 치며 웃었다.

　같이 밥을 먹고 공을 차는 동안 소문은 서쪽으로 흘러
갔다.

　지워진 얼굴에도 웃음은 있었고 땀도 흘렀다.

　헤어지는 악수는 팽팽한 목숨처럼 매끈했다.

　맹세코 이별이 아쉬웠다.

　하지만 그날 밤

　집에 와서 오래 손을 씻었다.

　미안하다 미안하다 울면서 악착같이 하루를 지웠다.

　습자지 같은 내 사랑은 도무지 어찌할 바를 몰랐다.

　그날을 도저히 잊을 수 없다.

배꼽마당

　반고개에서 당산으로 이어지는 비스듬한 언덕길, 땅골에서 시장통과 학교로 연결되는 여러 가닥 골목들 수 없는 발걸음들은 그 좁은 곳에 걸쳐 있었습니다. 동생이 태어났다는 소식에 어색하게 집으로 돌아가던 꼬불꼬불한 길. 해질녘 십자가생을 하다 미끄러져 복숭아뼈 깊이 피흘렸던 굵은 모래 바닥. 만화주인공 두통이처럼 머리 큰 공장 집 형은 언젠가 텔레비전에서 본 듯했는데 아닐 겁니다. 전봇대 선 한 켠에서 우리를 바라보기만 하던 뒷집 숙이는 마른 그림자 같았습니다. 마당 한쪽을 가로막은 합기도 도장을 가로지르면 비밀스러운 길 하나 있었는데, 쉽사리 지나 갈 수 없던 그 길은 컴컴한 시장통에서 반고개로 가파르게 이어졌습니다. 윙윙 기계 소리가 늘 울고 있던 구국직물 뒷골목. 우리는 그 골목을 배꼽의 속이라고 이름 짓고 공연히 진저리 치곤 했습니다. 간혹 담배가게 있는 삼거리 아래로 달려 이구못으로 몰려가기도 했습니다. 늘 붉게 고여 있던 못 가에는 잠자리 좇는 조무래기들 발 아래로 어제 밤에 버려진 탯줄 주머니가 아직도 피 흘리며 둥둥 떴고, 우리는 꿰매어진 배꼽이 잠든 어느 집을 무서워했습니다. 이구못은 배꼽마당이 흘리는 마법이 고여 있는 곳이라고 경식이가 말했습니다. 끼리끼리 부산하게 골목을 누비다가 공장 굴뚝 그림자가 길어지면 꾸역꾸역 한데 모이던 곳. 주문처럼 웅성거리던 꼬마들은 얼떨떨한 눈빛으로 헤어졌습니다. 그런 밤마다 거뭇한 하늘 위를 펄럭이는 이웃 누나가 나타난다고 했습니다. 당산 아카시아 나무에 목을 건 누나는 배꼽마당 옆 미장원 누나였습니다. 얼굴도 없는 그녀는 지금도 꿈 깊은 곳에서 무시로 깨어나 섬뜩합니다. 몇몇 조무래기들은 아직도 그 자리에 발 묶여 늙고 있겠지만 만 가닥 골목을 이으며 밀교를 전하던 배꼽마당도 의뭉한 이구못도 지금은 기억을 묻고 어느 생활이 눌러 앉았습니다. 어느새 중늙은이 된 내가 타지에서 흙먼지 이는 세월을 깔고 기억의 누더기로 주저앉은 것처럼.

1997년식 가난

일 때문에
시드니에 갔지요.

하루 종일 촬영하고
저녁에 하버로
맥주 한잔하러 가는 길
킹스크로스 낡은 벽에
전설처럼 포스터 하나 붙어 있었습니다.

폴 메카트니 콘서트.

딱 그날 저녁에
전화해 보니 표도 있다는데
공연장도 바로 앞인데

비쌌습니다.

스쳐 지나가며

일행에게 말했습니다.

폴 메카트니 혼자는 별로야.

붉은 해 걸쳐진 하버브리지 아래서 마시는
레드락이 목을 찔렀습니다.

저 자식은 왜 하필
오늘 여기서 혼자 공연을 하고 지랄이야.

가끔, 일생에 한 번씩
느닷없는 행운이 찾아오기도 하지만
그래서 속상할 수도 있지요.

날뫼북춤

저기 보게 산이 오네 어허 덩 덩더꿍이
구름 달 두드리며 하늘에서 산이 오네
빨래는 달내에 두고 저 산 보러 가세나

소리치며 내려오네 징구 징 자반득이
보름달 다 가리고 천둥의 산이 오네
어드메 내려앉을까 산 맞으러 가세나

달성에 금호강변 당구 당 엎어빼기
앞서거니 뒤서거니 없던 산 내려앉네
달 꺼내 북을 치세나 저 산 어서 내리게

맴돌아 산을 돌아 얼씨구 다드레기
북 치니 달이 우네 들 풀썩 산도 들썩
되돌아가지 못하게 아랫도리 붙드세

동제당 천왕매기 허허굿 엇다 엇다
옛 원님 납신 길이 산 아래 걸렸으니

녹의綠衣에 흰띠 두르고 넙신넙신 절하세

설운 혼 한잔 하소 둥기 둥 살풀이굿
쇠 먼저 나아가면 열두 북 뒤따르고
징 울고 장고 당가당 비산들 울리나니

저 보소 달 좀 보소 움찔움찔 덧 가락
덩달아 춤을 추네 지신들 신명일세
저 산이 어디서 왔나 날뫼 북들 춤 추네

눈물 속에는

글쎄,
젖지 않는 눈 있을 리 없지만
유난히 슬픈 눈은 있다

어젯밤 내린 눈이 그랬다
습설濕雪이라더군
작부 속눈썹처럼 떨어져
나뭇가지를 부러뜨리고
지붕을 내려 앉혔다 세상이 야단이다

어둠을 지우며 내리는 모습
누군가를 부여안고 내리는 듯 보인다
하늘에서부터 짊어지고 온
전설이나 기억 같은
그런 것들 아닌가

창틀에 내려앉은 한 녀석
그렁그렁 녹지도 못하고

망설이다 눈물 왈칵 쏟는다
잠깐 마주보다
주르르 어둠 속으로 떨어져 간 눈물

나를 아는 이 아닐까
언젠가
마주 잡은 손 놓고 떠난 이
멀리 갔다 오래 걸려 돌아온
그 사람 아닐까

바람으로 구름으로 떠돌다
슬픔으로 뚝뚝 듣는 그 사람
지나는 길에 겨우 들러
얼굴 한 번 보고 떠나는 눈물 같은
그 사람이면 어쩌나

젖은 슬픔들
또 울며 내려오는데

발각

내 언젠가는
요런 꼴 당할 줄 알았지.

퇴근길
만원버스 한 귀퉁이에
마대자루처럼 맥없이 짜부라져서
詩 몇 자 겨우 읽고 있는데

소주 냄새 확 풍기는
노가다 사내 하나
한참을 같잖게 꼬나보더니
눈 부라리고 일갈.

지랄하고 자빠졌네
배 부르고 잘난 놈이네 씨발
이 아사리판에 詩를 읽어?
너 잘났다 퉤!

어이도 없고
뭐라 대꾸할 말도 없어
구겨진 채 댓거리를 궁리하는데

아, 글쎄
늘 잘나고 싶어 안달하던
내 속 삼류시인 한 마디 하더군.

이 사람아
다 들켰네 그려.

17번 방

문 없는
문을 들어서면
문보다 조금 넓은 방
끝은 완고한 유리벽

긴 회랑의 끝
너머로 육중하게 닫힌 문과
가운데 난 작은 창

어머니를 싣고 온 여자가 인사를 하고
여자에게 어머니에게 우리도 인사를 하고

두꺼운 문 열려
어머니 들어가고 문 닫히고
여자는 다시 인사를 하고 빈 수레를 끌며 사라지고
작은 창에 노란 불빛 켜지고

아내는 울고

동생은 이 악물고

한생애가
한줌이 되는 시간을 바라보고 있는
문 없는 문 안

차례차례 순서가 쌓이고 있는 두 세대가
한 세대를 유리창 너머로 보내는

좁은
사각형의 방

나보다 먼저 떠나는 나를 보내는 일

어금니 하나를 또 뽑았습니다.
오래 흔들리던 놈
아프게 버티다 슬그머니 뿌리를 놓더군요.

지난 몇 년
열 몇 개 시간이 뽑히고 볼트가 박혔습니다.
지나간 사랑처럼 몇몇의 내가 가고
녹슬지 않는 타인이 나를 지키는 셈이지요.

어금니들은 내 손으로 많이 뽑았습니다.
아픔을 진통제로 달래고
기다리다 제 발로 일어설 때 헤어졌지요.

헤어지니 아픔도 사라졌지만
떠난 자리는 늘 깊더군요.
오래 참다 헤어질 수밖에 없는 이유다 싶었습니다.

작약 몇 송이 저뭅니다.

붉은 잎 이지러지고 발 아래 먼저 떠난 봄들 낭자하네
요.

다들 그렇게 떠나나 봅니다.

단단한 것들을 앞세워 보내며

천천히 그 뒤를 따라갑니다.

먼저 떠난 것들이 조금씩 떠나오는 나를 보겠죠.

단단한 눈빛으로.

떠나는 일이란 결국

참는 일이라 생각하기로 합니다.

어떤 거리距離

경주 남산 약사골에 얼굴 없는 부처님 한 분 계신다네요.

언제 목이 달아났는지는 알 수 없지만 자리를 지킨 건 천 년이라네요.

표정 대신 하늘을 얹은 부처님 앞에서

늙은 처사는 어느 허공에다 원을 고했을까요?

얼마전 세월을 쓸다 머리를 찾았다네요.

– 불두佛頭는 땅속을 향하고 얼굴은 서쪽을 바라보고 있었으며, 얼굴 오른쪽과 오른쪽 귀 일부에서는 금박도 관찰됐다.

첩첩 비바람과 중생들 빈 눈초리에 온몸 닳은 부처님은 여즉 젊은 당신 얼굴을 만나 어땠을까요?

얼굴이 더 좋아했을까요? 몸이 더 좋아했을까요?

떨어져 열 보.

가려져 한 자.

천 년의 거리 치곤 참 가깝지요.

사정 뻔히 알고 있었을 부처님은 그간 얼마나 안타까웠을까요?

아닌가?

아무렇지도 않으셨으려나?

4부
새로운 자유

태엽

엄지와 검지로
까슬하게 밥을 먹이면
허겁지겁 감기는 빈속.
포승처럼 조금씩 목 졸리며
탱탱해지는 목숨.

꽉 조르는 것이 기술이 아니고
조금씩 놓는 것이 기술이여.

또박또박
강철의 시간을 밀어내면서
풀리는 생계.
한 모금씩
목구멍으로 흐르는 명줄.

천천히
제 목숨을 놓는 힘.

달팽이

달리다 서다
달팽이
맴도는 집을 지고
꽉 막힌 저녁 남태령을 넘는다.

앞으로도 구르고
꽁지 빨갛게 옆으로도 구른다.

종일 달려도
그저 몇 걸음.
나선으로 말리는 등 뒤의 생계.
빙글빙글 섞이는 하루.

신호는 어김없어
달팽이
가라면 가고 서라면 선다.

굳히기 위해

앞으로 구르고
굳지 않기 위해 옆으로 구르는

굳건한 달팽이
레미콘.

낙엽의 경제학

오후 네 시
마지막 그림자가 길 어깨에 닿았으므로
당신과의 계약은 이제 끝났다.
제공했던 급여를 종료할 것이고
임시직이었으므로 별도의 퇴직금은 없다.
남은 이들은 당신이 상관할 바가 아니다.
그들도 그리 오래 있진 않을 것이다.
우리는 곧 휴업의 절차를 마치고
라인은 최소한만 남기고 멈출 것이다.
앞선 이들이 쉬 떠나지 않고
주변을 맴도는 것은 우리도 보고 있다.
안타까움은 안타까움일 뿐
안 되는 것은 될 수 없는 것이다.
불콰한 얼굴을 보니 한잔하신 모양이군
취기가 빠지면 쓸쓸함도 더할 것이다.
목 마르면 마지막 냉수 한 잔 드시라.
그리고 오그라든 손 주머니에 넣고
이젠 그만 내리시라.

당신도 잠깐 우리 주위를 배회할 것이나
곧 길가의 저들과 함께 떠날 수 있을 것이다.
내년 봄?
당신이 일할 수 있다면 다시 오시라.
하지만 우리가 보기엔 당신의 효용은 이미 끝났다.
잔인하게 들릴지 모르지만 어쩌겠는가?
우리는 지금까지 그렇게 살아왔고
또 그렇게 살 것이다
누군가 우리를 밑동으로부터 쓰러뜨리기 전에는.

사다리 경제학

한때는 집집마다 사다리가 있었다. 지붕에 올라갈 일이 있으면 뒤란에서 들고 와 세웠다. 높이가 모자라면 장대와 각목을 덧대면 더 올라갈 수 있었다.

누구나 올라갈 수 있었다.

요즘은 A자 모양 알루미늄으로 만든다. 높이가 모자라면 펼쳐 두 배를 만들어 이층에도 올라갈 수 있다. 집에는 없고 사람을 사면 사다리도 따라온다. 올라가는 일에도 돈을 줘야 한다.

아무나 올라갈 수는 없다.

지붕에 올라간 사람들이 사다리를 치워 버리기도 한다. 다시는 내려갈 일 없노라 절대로 올라올 수 없노라 윽박지르기도 한다. 그저 올려다볼 뿐 그 위에서 뭔 일이 있는 지 알 수도 없다.

아무도 올라갈 수가 없다.

높은 곳은 높은 이들의 소유다.

사다리는 이제 떡볶이 값 치를 사람 정할 때만 필요하
다.

풀 뽑는 사내

길가 은행나무 아래
나무껍질 같은 늙은이 하나
쪼그려 풀을 뽑는다

호미도 없이
마른 손으로 풀과 싸운다

격자의 보도는 온통 시멘트
흙이라곤 가로수 밑 한 뼘이 전부

거기라도 비집고 살겠다는데
늙은 사내 사정이 없다

손톱 끝 디밀어 뿌리까지 뽑는다
붉은 맨 흙 다 드러날 때까지

무엇이 저 생에게 반듯함을 강요했을까

끼니 짧던 고향의 습관일까
각 잡아 담요를 개던 군막의 기억일까

아니면 기어오르는 것들은 처단하라는
묵은 윗자리들 서슬일까

아랫도리 말갛게 드러난 은행나무 딛고
사내는 구부정하게 사라지고

숨어 있던 쑥부쟁이 한 톨, 그새 솟을 궁리를 하고
은행나무는 그림자로 슬쩍 숨기고

세인트루이스의 흰고래

4월, 비 그친 미주리는 구역질을 쏟는다.
무너지지 않은 옆구리에 연신 부딪히는 속도들.
오른쪽으로 크게 돌아 미시시피를 만날 때까지
쇳소리 섞인 함성은 멎지 않는다.

상류는 지워지고 도처에 발원이 생긴 강.
죽은 것들 모아 산 것들 키우며 흐르는 미시시피,
델타에 부려 놓을 것들과 삼켜질 끼니를 고른다.

벌써 바다는 녹슨 기억.
거슬러 올라온 길은 넓이를 잃고 길이를 얻었다.
정수리로 내뿜는 한숨만큼
부조리는 굶주림 속으로 꾸역꾸역 쌓인다.

끈적한 수염으로 거른 세인트루이스의 어제는
반쯤 굳은 페놀덩이로 흘러내리고
플라스틱이 쌓이는 뱃속은 끊임없이 견고해진다.

멈추지 않는 구토를 받아먹고

해질녘 적란운처럼 녹슬어가는 고래 한 마리,

하얗게 떠오르다 시커멓게 가라앉는 미시시피를 거스
른다.

돌아설 수 없어 슬픈, 흰고래 한 마리.

벌레

볼트가 출몰한다
쌀통에서 소파 밑에서

25도쯤 꺾은 머리를 바닥에 대고
딱 멈춘 볼트

화분으로 기어오르려 했는지
잔뜩 웅크린 놈도 있다

하얗게 반짝이며
돌아서면 또르르 사라지기도 하는 볼트

일탈의 가슴에 박혀
어쩔 수 없는 심정을 조이던 것들이
왜 손을 놓아버렸을까

외출에서 돌아온 밤
불을 켜면 반짝이며 감기는 볼트들

돌아가며 박히는 소리

마디는 다시 체결되고
관절을 당기는 모서리 소리

아무리 봐도
너트는 하나도 없는데

파도고개

뿌리 뽑힌 반고개 지날 때면
정수리에 타워 꽂힌 두류산 여전하다.

기억의 곱이 가득한
막창 같은 골목길 비집고 들어가면

언제나
환한 세상 하나 열린다.

부처님 광배처럼 빛으로 가득한 언덕
그저 늙은 산 무릎을 타고 누옥들이 엎혔을 뿐인데

내 안에
알 수 없는 불 하나 켜진다.

어릴 적
브레이크 터진 자전거로 내리막에 처박힐 때
눈 앞을 밝히던 그 빛처럼

\>
온 생의 불을 다시 켜고
다시 찾아온 나를 물끄러미 바라보는

너는 누구인가?

고통의 경제학

한계 효용은 체감하지 않는다. 오히려 체증하다 고점에 이르면 서킷 브레이크로 잠시 멈출 뿐 상품 및 용역의 수명이 끝나야 잉여의 효용도 소멸된다.

효용은 대체로 무형성의 가치이고 귀결은 대뇌에서 자각되는 신호의 모습이지만 초래되는 형식은 때로 소비자의 인식 속이다. 분노와 눈물을 수반하기도 한다. 하지만 절대 가격에 영향을 미치지는 않는다.

탄력성에 대해선 변수가 다양하다. 피지컬한 경우 탄력성이 낮은 편이나 심리적 범주의 경우 불규칙하거나 높다. 악화가 양화에 비해 불안정하며 체감적 사례의 빈도도 높고 손실도 큰 편이다.

파레토 법칙은 여전히 유효하다. 시장이 쇠퇴 또는 소멸하기까지 이십 퍼센트의 이익이 팔십 퍼센트의 손실을 상쇄하고 몇몇 과점의 달콤한 공시가 피할 길 없는 워크아웃을 유예시킨다.

>

세 시면 장은 마감된다. 동시호가는 잠시 고통 위로 꿈을 덮지만 그 또한 설정된 작전을 피할 수는 없다. 때가 이르면 시장은 철수한다. 어쨌든 그때는 올 것이므로 지금은 그저 견디라 말할 수밖에 없다.

구라게임의 경제학

멤버는 모두 다섯

셋은 한 편

한 명이 룰을 정한다

한 명은 패를 섞는다

한 명은 배팅을 이끈다

한 명이 아웃될 때까지

이어지는 2승 1패

사흘 걸려

목표는 올인되고

새 호구가 올 때까지

남은 한 명은 보험

여의치 않아 그도 잡는다

한 편인 셋만 남았다

재미로 계속한다

그러나 어느새 둘은 한 편

나머지 한 명은

웃다가 죽는다

새로운 자유

한 남자가 첫 출근을 했다.
마흔 초반 정도?

어둠이 가시지 않은 주차장에 서서
어둠처럼 주저한다.

배정받은 짐승이
우리 한 귀퉁이에서 그르렁 눈 끔뻑이며 기다린다.

뭐라 많은 것을 들었을 텐데
그에게 남은 것은 텅 빈 도로 같은 막막함뿐.

왜 여기 왔는지는 모른다.
그렇지만 알 것도 같다.
다 그런 거니까.

내 지나온 반 년을 거슬러 곁으로 간다.
어둠 속 시궁쥐 같은 두려움 하나

묻는다.

지금 나가면 어디로 가야 하나요?

글쎄요
어디든 가야지요.
여기 온 것처럼 그렇게 흘러 가야지요.
차마 그렇게 말하진 못한다.

지금 살고 있는 동네로 가세요 맘이라도 편하게.

컴컴한 고개를 끄덕이며
그는 어둠 속으로 눈 부릅뜬 짐승을 몰고 나간다.

반 년 전 나처럼.

플라스틱 시뮬라시옹

스테로이드 성분의 즉각적인 바람을 맞고 선 너의 시간은 필러로 보충되고 거리는 보톡스로 확대되었다. 절개된 어제들은 어느새 보기 좋게 지워졌지만 달리는 버스에서 활짝 웃는 너의 표정은 여전히 미심쩍다. 분홍 건물 속에서 걸어 나온 너는 노천 카페에서 커피를 마신다. 몇 자리 옆에 앉은 똑같은 디자인의 얼굴을 입은 여자를 노려보는 너와 너의 정반사가 눈부시다. 달콤한 빌딩 오차 없는 승강기가 수정되지 않은 오답과 수정된 정답을 섞어 차곡차곡 쏟아놓는다. 나는 당당하게 초라하고 너는 불안하게 당당하다. 길게 한 목소리를 쏟는 간판들로 이어진 길의 좌우로 걸어가는 나와 너. 나는 너를 비도덕적으로 꿈꾸며 침묵하는 호객을 두리번거리고, 너는 조금 남은 나를 지우려 익숙하게 혼절한다. 너를 누가 창조했는지는 알지 못한다. 어쩌면 조금씩 다듬어져 왔는지도 모른다. 따라서 원본 또한 진화한다고 말할 수 있으며 그 거리만큼 나는 퇴화했다. 어스름 녘 피 묻은 문이 열리고 익숙한 너는 미소를 꿰매고 거리로 나선다. 나와 너는 나와 너로부터 지워졌으므로 낯선 또는 친숙한 또 하나의 원본이라 말할 수 있다. 조각난 거울들이 서로 반짝이며 흩어지는 동안 압구정 뒷골목 쓰레기통엔 종일 버려진 너 또는 내가 가득하다.

분홍 분꽃

해질녘
독산동 20미터 도로
턱 턱 꺾인 언덕배기에 하나둘
플라스틱 꽃 핀다.

취한 나비들
찢긴 날개로 내려앉을 곳
하늘색 분홍색 노란색 꽃대 펼치며
불 밝히는 나무들

해협을 건너온 귀면鬼面들
날품으로 넘긴 하루를 내려놓고 어두워지는 시간
꽃가루 같은 웃음 칠하고 환하게
비닐 꽃잎을 연다.

오래 떠돈 꽃잎마다
묵은 상처마다 서캐 같은 주름 깊어
잠자리 날개

망사 레이스로 덮은 향기

벌건 불을 켜도
한치 앞조차 밝혀지지 않는 목마름
어서 밤이 깊어야 한다.
어둠이 더 빛나도록

찬란한 나일론 입술에 끌려
죽은 소들 널브러진 우시장 넘어
핏빛 나비 한 마리 비틀대며
날아올 때까지

중독의 경제학

약간의 투자와 기다림을 필요로 하지만 시작은 어렵지 않습니다. 첫 맛을 보여주는 게 중요해요. 물론 치밀한 전략으로 시장 진입을 준비해야 하지만 꼭 달콤해야 할 필요는 없습니다. 시장은 의도적 통증으로 도파민을 유도하기도 하니까요. 학습이론에 따르면 인식이 행동으로 일어나기까지 일곱 번 정도의 반복이 필요합니다. 잡고 끌던 손을 놓아도 스스로 다시 찾는 순간이 오면 게임은 끝입니다. 손익분기점을 지나는 거지요.

다른 접근도 가능합니다. 가령 제대로 판을 벌려 싸움을 붙이는 것도 한 방법이지요. 편을 나누고 싸우게 하는 겁니다. 이미 구획된 감정의 경계를 이용하면 더 효율적이죠. 준비된 선수는 얼마든지 있습니다. 당장 없어도 판만 벌이면 금세 모을 수 있습니다. 매일 보고 있지 않습니까? 열광하는 습관들. 자기들이 싸우는 것도 아니면서 격하게 피 흘리지요. 이유도 없이. 몇몇만 제대로 띄우면 그들은 재화를 무한 창출하는 신이 되는 겁니다. 현대판 맘몬이랄까.

>

가장 매력적인 것은 수요가 폭발할수록 창조자에 대한
인식은 사라진다는 겁니다. 보이지 않으면서 맘 먹은 대
로 행동을 생산해내고 의지마저 통제할 수 있는 권능. 전
능하신 누군가를 닮았지요. 신기한 것은, 효용이 온전한
고통으로 바뀌는 순간이 와도 한계 효용은 체감되지 않
는다는 것입니다. 좌절하면 복수를 위해, 통증이 몰려오
면 망각을 위해, 차곡차곡 새로운 수요를 쌓아갈 뿐, 절
대로 눈앞의 효용에 돌아서거나 거부하지 않는답니다.

다만 이윤의 극대화를 위해선 라이프사이클을 면밀히
살펴야 합니다. 자극에 대한 만족의 탄력성은 완만한 우
상향 곡선을 그리다 대체될 수 있기 때문에 기울기가 정
체되기 전에 승수의 자극을 새롭게 투여해야만 하지요.
신규 투자는 아니니 크게 걱정하지 않아도 됩니다. 약간
의 리뉴얼 또는 농도의 조절로도 가능한 수준입니다. 추
가 투자로 인해 부가된 만족의 크기는 그대로 유지되므
로 이익의 규모는 오히려 커질 겁니다.

걱정이 아주 없지는 않습니다. 병든 시장에 뛰어드는 경쟁재와 대체재가 너무 많아졌어요. 물론 의지를 완전히 무력화시켜 절대적인 시장 지위를 유지해온 품목들은 앞으로도 건재하겠지만 축적된 이익 잉여금을 무기로 공세를 취하는 새로운 자극들이 견고한 습관들을 노리고 있습니다. 쉴 새 없이 각성되느라 지친 정신이 자칫 습관에 대한 통제를 놓아 버리기라도 한다면 우리는 확대 반복되는 시장과 소비자를 한꺼번에 잃을 수도 있습니다. 부디 황금알을 낳는 거위를 잊지 마세요.

해설

'굽은' 시간에서 和解의 지평으로
- 김재덕 시집 『나는 왼쪽에서 비롯되었다』

한원균
(문학평론가, 한국교통대 교수)

'굽은' 시간에서 和解의 지평으로
- 김재덕 시집 『나는 왼쪽에서 비롯되었다』

한원균
(문학평론가, 한국교통대 교수)

아직은

버텨야 한다

무릎 굽은 소나무

— 김재덕, 「곡즉전曲則全」

1. 기억의 '가시'

    시는 시간의 흔적을 재생하는 언어이다. 기억은 망각
과 더불어 삶의 의미를 재해석하고 현재화하며 존재론적
성찰의 기반을 이룬다. 추억이 아니라, 기억하는 언어들
이 만드는 시간의 울림이 보다 유의미하다. 그 언어들 속
에서 시인은 아픔과 상처를 달래며 화해의 지평을 제시
할 수 있기 때문이다. 김재덕의 시집 『나는 왼쪽에서 비

롯되었다」는 불편했던 시간의 기억으로부터 길어 올린 명상의 언어라고 할 수 있다. 지나간 삶은 고단함이자 기다림과 인내를 요구했던 시간이었을 것이다. 상처가 아름다울 수 있다는 말은 고통의 세월이 지나야 겨우 인정할 수 있는 수사가 아닐까. 힘들었던 경험을 시화(詩化)한다는 것은 시간을 바라보는 사유와 순치(馴致)의 과정을 드러낸다는 의미이다. 기억이란 그 상처, 어떤 견딤, 가시처럼 못 박힌 아픔을 제거하는 것이며 시쓰기란 이를 치유하는 제의적(祭儀的) 행위일 수도 있다. 가장 내적인 자기 공간에 대한 이해, 자기체험의 절대성에 대한 정직한 응시로부터 시적 진정성이 비롯된다고 할 때, 김재덕의 이번 시집은 깊은 공감의 영역을 제공한다. '기억의 가시'를 제거해 가는 과정이 곧 그의 시가 완성되는 길임을 잘 보여주고 있기 때문이다.

2. 시간, 혹은 소멸

갈치를 바르며
자분자분
당신은 목에 걸린 기억을 뽑는다.

등지느러미 아래 촘촘한
생가시 같은 지난날들.

바싹 구워져 비린내마저 고소하지만
희미한 핏빛은 여전히 어룽.

하얀 이밥 위로
아픔 한 토막 얹다가
다시 뽑는
가늘고 뾰족한 삼십 년.

글쎄, 그때 당신은 절대 내 편이 아니었다니까.

언제쯤
바늘 한쌈 다 뽑고
한입 가득 웃을 수 있을까
당신은.

—「가시」전문

함께 살아간다는 일, 같은 시간을 걸어왔다는 것은 한
상에 마주앉아 식사를 나누는 풍경에 고스란히 담기게
된다. 생선을 먹는 어느 하루의 밥상은 벌써 삼십년이나
이어지고 있지만, 이제는 그 목에 걸린 가시 같은 기억을
제거해야 할 시점에 다다른 것이다. 시간의 절대성, 되돌
릴 수 없음의 엄혹성 속에서 그 기억은 안타까움과 쓸쓸
함, 연민과 애증으로 점철되어온 세월이었을 것이다. "그
가늘고 뾰족한" "아픔"을 제거하는 일, 오랜 시간을 건너

'지금 여기'에 이른 시인의 성찰이 주목되는 이유이다. 스스로 돌아본다는 것은 시간의 풍화작용 속에 서 있는 자신을 발견하는 일이다.

나를 바라보는 나.
나는 내분비 중이고
나는 넘치다 금방 고갈된다.
나를 불쌍하다 말하지 마라.
나는 사라지는 중인지 모른다.
— 「갱년기」 부분

"한생애가/한줌이 되는 시간을 바라보고 있는/문 없는 문안"(「17번방」)에 서 있는 일은 곧 소멸에 대한 인식, 시간의 본질에 대한 깨달음을 의미한다. 하지만 이러한 각성은 "손톱 밑/생가시가 유난한/이즈음은/만사가 몸살"(「고비」)이라는 안타까운 고백과 견딤의 과정을 동반한다. 그것은 어떤 지점을 통과해 간다는 사실, 시간의 저편에서 건너오는 보이지 않는 것들에 대한 이해를 동반한다.

하지만 나는 통과중이다.
검단산과 한강 사이 자유로 위에서.

다만 작은 것들, 더 작은 것들

오후의 햇살, 5G의 전파, 막 도착한 미세먼지, 개망초
꽃가루,
　　중앙분리대에 튕겨진 클랙슨 소리를 지나
　　이곳에서 저곳으로

　　보이는 것들은 나를 막고
　　보이지 않는 것들은 나를 침식한다,
　　뺨을 갉고 머리를 지운다,
　　보이는 나는 보이지 않는 것들을 침략하면서 침략당
한다,

　　죽음이란
　　보이지 않는 것들이 보이는 것들을 지워가는 일.
　　　　　　　　　　　　　　　　─「보이지 않는 것들이」 부분

　　지금은 시간을 통과하는 과정이다. 어떤 체험과 장소
로 분할된 곳, 검단산과 한강 사이로 구체화된 지점을 지
나고 있지만 사실 그 걸음은 보이지 않는 것들로 나누어
진 시간 앞에 마주 선다는 것을 의미한다. 미시적으로 분
산하고 사소하여 없다고 믿는 사물들로부터 시간의 풍화
과정은 이루어지고 있으며 소멸 또한 그렇게 보이지 않
는 것들로부터 다가온다. 죽음은 '아직 오지 않은 시간'
〔不在〕이 '지금의 시간'〔實在〕을 침식하기 때문이다.

3. 기억의 존재론

시인의 시간 속에는 아픔의 언어들과 상처의 기억들
이 편재한다. 제도권 교육 속에 내포된 불합리성이나 부
도덕한 사회에 대한 개안(「사회선생」), "보리밥 퍼 먹던 열
몇 살 시절"(「숟가락」), "상처가 부른 가시 박힌 이름"(「오
래된 벽돌」)들에 대한 기억, "취기가 빠지면 쓸쓸함도 더
할 것"(「낙엽의 경제학」)이라는 명정적(酩酊的) 인식 등 모
두 거칠었던 세월을 반증하는 담론이라 할 수 있다. 그
시간들에 대한 기억의 길을 걸어 들어가야만 또 다른 삶
의 지평이 열린다는 믿음, 혹은 그 제의적 과정이 김재덕
시쓰기의 과정이라고 할 수 있다. 그래서

> 기억의 곱이 가득한
> 막창 같은 골목길을 비집고 들어가면
>
> 언제나
> 환한 세상 하나 열린다
>
> ─ 「파도고개」 부분

라고 말할 수 있다. 기억행위가 갖는 의미화 과정은 곧
시쓰기의 본질을 뜻하며 동시에 자기 정체성을 확인하
는 과정이라 할 수 있다. 거대한 강을 거슬러 올라 왔지
만 문명의 질서로 인해 생존의 위협 앞에 직면한 존재는

어쩌면 모든 세월을 역류하는 기억의 고통을 상징적으로
보여주는 것이 아닐까.

> 벌써 바다는 녹슨 기억.
> 거슬러 올라온 길은 넓이를 잃고 길이를 얻었다.
> 정수리로 내뿜는 한숨만큼
> 부조리는 굶주림 속으로 꾸역꾸역 쌓인다.
>
> 끈적한 수염으로 거른 세인트루이스의 어제는
> 반쯤 굳은 페놀덩이로 흘러내리고
> 플라스틱이 쌓이는 뱃속은 끊임없이 견고해진다.
> 멈추지 않는 구토를 받아먹고
> 해질녘 적란운처럼 녹슬어가는 고래 한 마리,
> 하얗게 떠오르다 시커멓게 가라앉는 미시시피를 거스
> 른다.
>
> 돌아설 수 없어 슬픈, 흰고래 한 마리.
> ― 「세인트루이스의 흰고래」 부분

　기억하는 주체, 기억의 화신(化身), 먼 바다를 유영(遊
泳)해서 돌아와 그 기억으로부터 자유로워야 할 존재에
대한 슬픈 응시야말로 자기성찰의 본질을 이룬다. 해질
즈음 붉게 물든 구름 아래 "녹슬어가는 고래 한 마리"는
시인 자신이자 기억해야만 하는 존재가 아닐 수 없을 것

이다. 돌아 갈 길은 이미 지워져 있고 앞으로 가야 할 길만 있지만, "감은 눈을 찌르는 가시들"(「리제 양에게」)을 제거하는 일은 이 생의 원리, 시간의 속성을 긍정하면서 오랜 시간 동안 지녀왔던 그 기억을 지우는 일일 수 있다. 가령,

> 어둠을 지우며 내리는 모습
> 누군가를 부여안고 내리는 듯 보인다
> 하늘에서부터 짙어지고 온
> 전설이나 기억 같은
> 그런 것들 아닌가
>
> ─「눈물 속에는」부분

라는 진술에서 보이는 "그런 것들"에 대한 생각이 그것이다. 이제는 조금씩 그로부터 자유로워져야 할 것이다. 그 기억들로부터, 기억의 얽힘과 엮임으로부터, "조금씩 놓는 것이 기술"(「태엽」)인 것처럼 이제는 벗어나야 할 시간 앞에 선 것이다.

4. 삶, 순치의 과정

시는 시간의 절대성에 대한 적극적 사유를 의미한다. '벗어날 수 없음'의 논리가 시에 이르면 성찰과 재구성의

과정을 거쳐 확장된 사유로 거듭난다. 기억은 닫힌 현실의 문을 열어 다른 지점을 제시한다. 유년이라든가 시간의 갈피 속에 묻혀 있는 경험들이 재생되는 순간을 시적 개안이라 부르는 이유이다. 기억하는 존재가 시간의 불가역성 속에서 존재론적 의미를 발견하는 일은 자주 일어날 수 있다. 이 같은 장면이 김재덕의 경우 매우 흥미로운 접점을 통해 그려진다.

봄날
국수 한 그릇 먹고
굽은 느티 어깨 드리운 평상에 앉습니다.
꽃잎 몇 닢 날립니다.

담배 한 모금
낯선 손님처럼 사라지는데
왼쪽 곁에
누가 앉습니다.

어느 봄날
꽃비 내리던 서소문공원에서
세월 참 더럽게 안 간다
먼지 뽀얀 질경이한테 분풀이하던
젊은이군요.

발밑에는
그날 곁에 있었던 그녀 눈물 한 방울

제비꽃으로 피어 있는데

아무 말 없이
주변을 둘러보던 젊은이
날 두고 포로롱
혼자 날아갑니다.

　　　　　　　　　　　—「왼쪽 곁에 내가 왔습니다」 전문

　어느 봄날 시인은 국수를 먹고 평상에 앉아 있다. "굽
은 느티 어깨"에 꽃잎 날리는 시간이 내려앉은 모습이다.
담배 한 모금이 사라질 즈음 왼쪽에 누군가 앉는다. 그는
바로 '다시' "어느 봄날" 세월이 안 간다고 푸념하던 젊은
이였다. 그 젊은이의 발밑에는 함께 있었던 그녀의 눈물
이 한방울 남아 있고, 어느덧 젊은이는 혼자 "포로롱" 날
아간다. 이 시의 시점은 중첩되어 있다. 즉 1)현재 시인이
앉은 곳에 어느 젊은이가 옆에 앉는다. 2)어느 봄날 시인
도 그 젊은이처럼 의자에 앉은 적이 있다. 3)다시 현재 어
떤 젊은이가 시인 옆에서 말없이 있다가 혼자 날아간다.
결국 현재 시인은 느티 평상에 앉아 과거 자신의 모습을
회상하고 있는 것이다. 그런데 이 시의 백미는 주변을 둘
러보던 젊은이가 "날 두고 포로롱/ 혼자 날아"갔다는 진

술 속에 있다. 과거에 대한 기억과 회상이 한층 가벼워져 날아가고 있음에 대한 예각적인 울림이 돋보이는 작품이다. 이 가벼움은,

매미 한 마리

불쑥, 죽어 있다

깨끗하게, 죽어 있다

—「풍장」부분

와 같은 무게감을 지향한다.("무게가 없다") "던져도 떨어지지 않는/ 허공"과 같은 상태와 문득 지나가버린 젊은 날의 시간이 만나고 있다. 과거의 시간을 허공에 묶어 둔 자리, 하지만 그 공간은 추상의 세계가 아니라, 구체적이며 실재적인 경험 속에 놓인다.

한참 동안
나무와 흙이 만나는 자리를 살펴봅니다.
아무리 봐도 경계가 없습니다.

족히 백 년
아래로 위로 옆으로 나무는 천천히 걸어왔고
흙은 언제나 그 자리에서

덮어주고 쓰다듬으면서 지냈겠지요.

세상 어느 곳에
저렇게 아무렇지 않게
서로를 문지르는 평화가 있을까 싶습니다.

—「어떤 평화」 부분

"나무와 흙이 만나는 자리"는 상생과 화해의 공간성을
확보한다. 그것은 "서로를 문지르는 평화"이자 용서의 미
학이 실현되는 지점이 아닐 수 없다. "부사리같이 날뛰었
던 도가니들"이 "세월에 녹아"(「탕」) 가는 모습처럼 생은
부정되는 것이 아니라, 순치(馴致)되는 길 위에 놓여 있음
을 확인하게 한다. 이는 "단단한 것들을 앞세워 보내며/
천천히 그 뒤를 따라"가는 행위, "떠나는 일이란 결국/참
는 일"(「나보다 먼저 떠나는 나를 보내는 일」)임을 깨닫는
것에 다름 아니다.

5. 화해의 지평에서

김재덕의 이번 시집은 지나가 버린 시간에 대한 제의
적 담론으로 읽힌다. 그의 시쓰기란 기억 속에 단단히 박
힌 가시와 등 굽은 나뭇가지를 정직하게 바라보는 일이
었다. 하지만 시간 속에 풍화되는 자신을 응시하는 일은

시간을 화해와 용서의 지평에서 새롭게 이해할 필요성을 제기한다. 상처의 가시를 제거하려는 욕망은 "부드러움의 힘"(「낭창한 힘」)을 이해할 때 실현 가능하다는 점을 이해하는 것, 그것이 김재덕 시의 미학이라 할 수 있다. 현실에 순치하는 방법을 발견하는 것은 무책임한 투항이 아니라, 진정으로 생의 원리와 인간을 이해하는 깊은 각성을 의미한다. 화해와 용서의 지평에 방금 그가 도달한 것이다. 지금부터 그가 걸어가야 할 생의 저 너머는 어떤 풍경으로 채색될지 기대된다.

김재덕

1962년 대구에서 출생. 한 사십여 년 시를 끼고 살았지만 2010년 이래 이름 없는 문예지 몇 군데서 신인상을 받은 후 세상에 시와 시조를 몇 편씩 내보내고 있다. 공동시집 『무시로 그리워지는』이 있다.

곰곰나루시인선 015

나는 왼쪽에서 비롯되었다

초판 1쇄 발행 2022년 4월 20일

지은이 김재덕　　　**펴낸이** 임현경
책임편집 홍민석　　**편집디자인** 육선민

펴낸곳 곰곰나루
출판등록 제2019-000052호 (2019년 9월 24일)
주소 서울특별시 양천구 목동서로 221 굿모닝탑 201동 605호 (목동)
전화 02-2649-0609
팩스 02-798-1131
전자우편 merdian6304@naver.com

ISBN 979-11-977020-4-4

책값 9,600원